BIJOUX

ENRICHIS DE

PERLES, BRILLANTS, ÉMERAUDES, RUBIS ET SAPHIRS

ARGENTERIE, OBJETS DE VITRINE

Appartenant à Madame la Comtesse de L. S.

Et à Madame la Comtesse de T.

CATALOGUE

DES

BIJOUX

Bagues, Broches, Bracelets, Boutons d'oreilles, Pendentifs

ENRICHIS DE :

PERLES, BRILLANTS, ÉMERAUDES
RUBIS ET SAPHIRS

CROIX FORMÉE DE SEPT BELLES ÉMERAUDES

BEAUX BRILLANTS SOLITAIRES

Beau Sautoir enrichi de Brillants et Saphirs

ARGENTERIE, OBJETS DE VITRINE

Appartenant à Madame la Comtesse de L. S.

Et à Madame la Comtesse de T.

DONT LA VENTE AUX ENCHÈRES PUBLIQUES AURA LIEU

HOTEL DROUOT, SALLE N° 9

LE LUNDI 7 AVRIL 1913

à deux heures

COMMISSAIRE-PRISEUR, **M° ALBERT LE RICQUE**
51, rue du Rocher

EXPERTS

M. G. FALKENBERG	**M. Robert LINZELER**
Expert près le Tribunal civil de la Seine	9, rue d'Argenson
6, rue Lafayette	PARIS

Chez lesquels se distribue le Catalogue

EXPOSITION PUBLIQUE

Le Dimanche 6 Avril 1913, de 1 heure 1/2 à 6 heures

CONDITIONS DE LA VENTE

Elle sera faite au comptant.

Les adjudicataires paieront *dix pour cent* en sus des enchères.

L'exposition mettant le public à même de se rendre compte de l'état et de la nature des objets, aucune réclamation ne sera admise une fois l'adjudication prononcée.

Paris. — Imp. de l'Art, CH. BERGER, 41, rue de la Victoire.

DÉSIGNATION

BIJOUX

Appartenant à Mme la Comtesse de L. S.

1 — Croix, formée de sept belles émeraudes entourées de brillants.   *15.950.—*

2 — Broche, formée d'un gros brillant carré.   *11.000.—*

3 — Broche, formée d'un gros brillant rond.   *10.250.—*

4 — Grande broche de corsage, formée d'une barrette émeraudes, pierres vertes, brillants et roses, surmontée d'un brillant et retenant des pendeloques brillants et émeraudes, accompagnées de draperies serties de roses.   *7.400.—*

5 — Broche, formée d'une fleur dont les cinq pétales sont des brillants poires, le centre un brillant, et la tige et les feuilles serties de brillants.   *5030.*

6.500   6 — Barrette, formée de huit brillants; deux pampilles en brillants.

1.775   7 — Broche, représentant un paon reposant sur une perle baroque. Le corps et le plumage constellés de brillants, saphirs, émeraude et roses.

1.000   8 — Broche en or, formée d'ornements et de rinceaux sertis de roses; pendeloques et chatons saphirs.

9 — Broche, formée de trois intailles montées en or.

5.400   10 — Bague, montée d'un chaton brillant.

1.200   11 — Bague, formée d'un rubis et d'un brillant croisés.

12 — Bague d'homme en or, cabochon saphir.

1850   13 — Collier, formé de cent trente perles.

14 — Bayadère, formée de neuf rangs de petites perles; glands en roses.

15 — Collier, formé de fleurettes montées de roses avec, au centre, un motif plus important brillants et roses; pierres bleues.

16 — Collier, formé de deux rangs de boules améthystes ; fermoir or et deux motifs améthystes entourés de roses.

17 — Bracelet, double chaînette or, enrichi de douze chatons brillants séparés par des perles.

18 — Bracelet dur en platine serti de brillants.

19 — Sautoir en or enrichi de perles et de chatons brillants.

20 — Sautoir en or enrichi de vingt perles, sur lequel est fixée une montre enrichie de brillants et de rubis, formant coulant.

21 — Applique, formée de motifs et pendeloques turquoises entourées de brillants. Chaînette en or.

22 — Motif turquoise accompagné de deux rangs de brillants.

23 — Paire de boucles d'oreilles turquoises entourées de brillants.

24 — Chaînette, motifs olives en roses, terminée
par une boule pavée de roses et saphirs.

25 — Cassolette en or émaillé, en forme d'œuf.
Cercle en roses.

26 — Très petite montre de dame en or, pavée
de roses, bélière en roses.

27 — Montre ancienne en or, cercles en jargons.

28 — Montre ancienne en or ; sur le cadran, un
sujet émaillé.

29 — Boîte en vernis ; miniature sur le dessus ;
monture cuivre. Époque Louis XVI.

30 — Boîte ancienne en or. Sur le couvercle,
un paysage en émail.

31 — Boîte en porcelaine.

32 — Boîte en émail de Chine.

33 — Objets omis.

ORFÈVRERIE

34 — Coffret ovale en argent ciselé.

35 — Petit panier à anse en argent filigrané.

36 — Deux flambeaux, style Empire, en argent.

37 — Un lot de couverts en argent, très riche-
ment ciselé, composé de : Douze cuillères ;
douze fourchettes à trois dents ; treize cuillères ; onze cuillères ; douze cuillères à café ;
douze fourchettes ; douze couteaux ; douze
couteaux.

38 — Un surtout-balustres en trois parties.

39 — Un grand samowar en argent.

40 — Un samowar gravé en argent.

41 — Une glace ovale en argent.

42 — Pendule en forme de campanile en argent,
enrichie de lapis et d'émaux.

43 — Objets omis.

BIJOUX

Appartenant à Mme la Comtesse de T.

3700

44 — Pendentif, formé d'un centre brillants accompagné d'un rang de petits brillants et de deux palmes en roses.

4500.

45 — Sautoir, formé de motifs en or émaillé enrichi de chatons brillants et de vingt saphirs clairs.

46 — Un face-à-main en or ciselé.

47 — Objets omis.

www.ingramcontent.com/pod-product-compliance
Lightning Source LLC
LaVergne TN
LVHW021618170726
843501LV00010B/4048